もうひとつの春の足音

短歌　小池正利　　　歌絵　高橋茂次

飯塚書店

もう一つの春の足音

小池　正利

目次

第一章　別れの曲

君を背負い
夜の御前崎
見にゆかん
今朝海亀の
来しところまで

驚かす
つもりで見せた
蛙をば
君はペットに
せんと持ちゆく

厚かりき
賀状を書く手が
いつか止み
冬陽のむこうに
想えり君を

遠く住む
君を想いて
眠れぬ夜
ベッドに深き
溜め息つけり

日記に書く
何事もなし
春愁は
ゆっくりと来て
君偲ばせる

コスモスは
僕の生まれた
月の花
都合よければ
見に来ませんか

つややかな
君の唇《くち》欲る
我が瞳
飢えたる獣のごと
窓に見ゆ

まだ誰にも
詠めない歌を
ひそかにも
考えており
君を抱きつつ

本当は
君と行きたい
旅なのに
誘えず僕は
海を見ている

人恋うる
かたちに見ゆる
地蔵あり
この辺りはや
君の住む街

嫁ぐことを
話せる君に
息をのむ
震えいるその
唇を見つめて

友達で
いましょうと言う
瞳《め》を見つめ
言葉なきまま
我は佇む

君を詠めぬ
我は眼を
閉じしまま
じっと聞きいる
別れの曲を

ふたたびは
逢える筈なき
君なれど
さよなら言わず
別れ来にけり

酒壺に
なれと語るは
旅人《たびと》かも
酒飲む今宵
しみじみ聞こゆ

一升酒
飲めるを自慢
せし日々が
俺の婚期を
遅らせている

海色に
塗られ鯨の
描《か》かれゆく
防波堤を
子らが見ている

さびしくは
ないかと眼鏡に
語りつつ
まぶしき水着の
娘《こ》を見ていたり

目覚むれば
街の灯《ひ》星の
ごとすがし
駅名「やいづ」と
聞く風のなか

我が祖母の
引きし荷車《リヤカー》
錆びてあり
鶏頭開く
里の土蔵に

孤独なる
我は辛子を
舐《な》めにけり
鼻をば覆い
泣きたくなりぬ

第二章　春の足音

初めての
デートの日時を
しるすとき
噛みしむる幸
ペン先ほどか

月
火
水
木
土
日
1
2
3
5
6
8
9
10
13
15
16
20
AM10:00
22
23
27

君を待つ
愛野駅にて
ほのぼのと
想像したり
鳥渡る野を

波音で
目覚めるなんて
嘘でしょうと
君わが暮しを
信じてくれず

菫咲く
野を歩みつつ
貧しかる
その生い立ちに
惹かれゆくなり

身障の
父もつことを
ようやくに
君に言い得る
仲とはなりぬ

なつかずに
いた小池家の
犬チャコも
ようやく君に
尾を振り来たり

虫時雨
きみと二人で
聞く夜は
グラスの底に
星座浮かべて

火のような
曼珠沙華目に
収めつつ
飛鳥に二人
さよならを言う

かろやかに
春の足音
聞こえ来る
このデパートで
靴選ぶべし

酒飲める
我と飲めざる
君がいて
話題増しゆく
今年の花見

丹沢山

「花嫁」と
いう薔薇をいつ
買おうかと
見ており花屋の
前にて我は

花嫁と
いう名の紅き
薔薇見つむ
今こそ想いを
伝えん君へ

結婚を
して下さいと
言う我に
ためらいのなく
「ハイ」と笑む君

第三章　誕生

暑さ寒さに
悩まぬ月を
選びたる
結婚式に
雨降りており

花のように
白きドレスに
包まるる
君ほんとうに
僕で良いのか

キャンドルに
火点す君の
白き手が
我に重なるとき
拍手浴ぶ

顔立ちは
定かならねど
夢に来て
パパと呼びたり
妻の胎児は

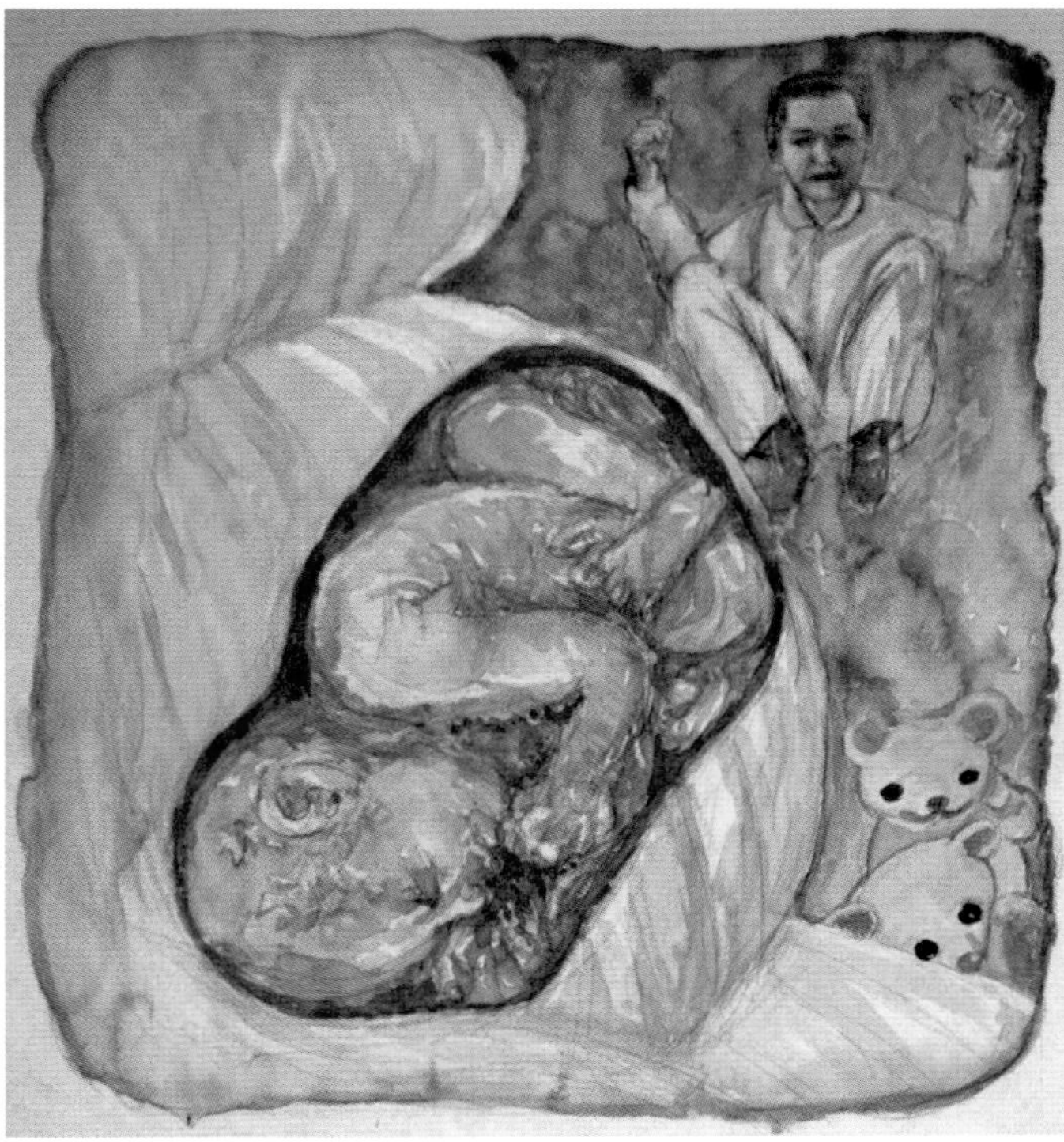

生まれたる
その手小さく
細けれど
幸せいっぱい
掴む五指なり

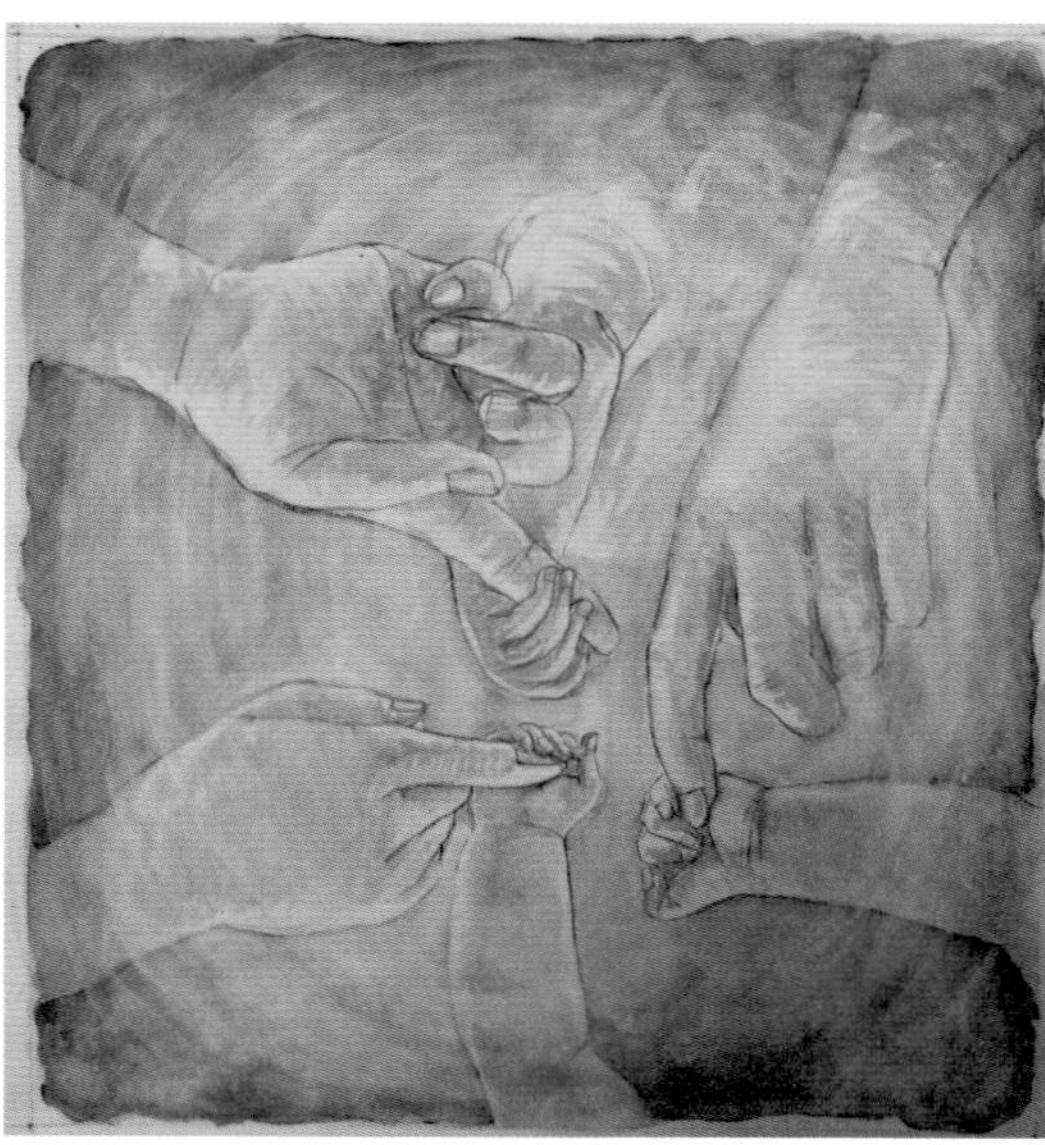

恐るおそる
子を抱きかかえ
ようやくに
自分も父に
なったと感ず

しっかりと
我が胸に縋り
つく思い
今宵初めて
抱きたる子は

栄一《えいいち》と
いう名を神より
賜りぬ
教会の鳩らよ
見守りくるるか

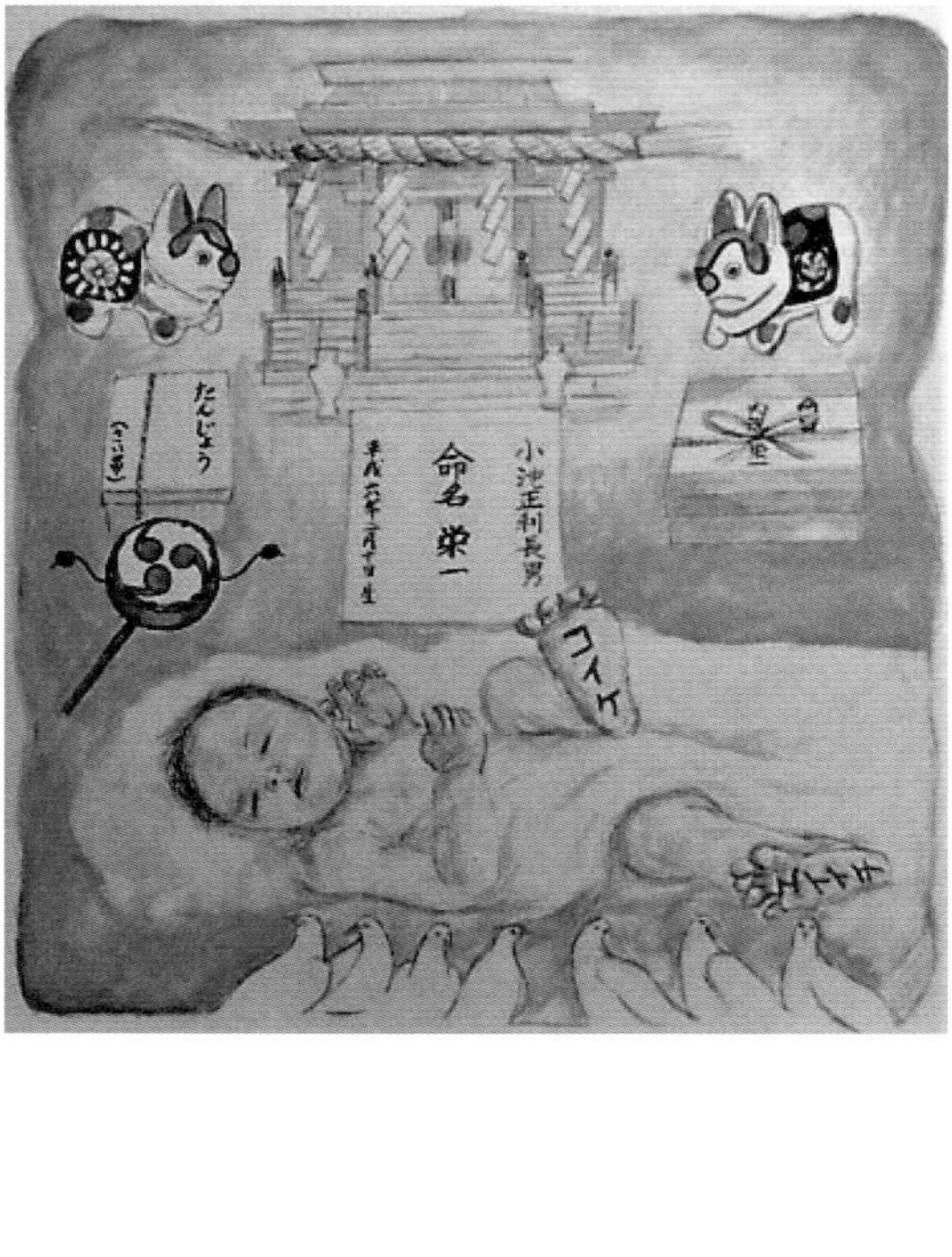

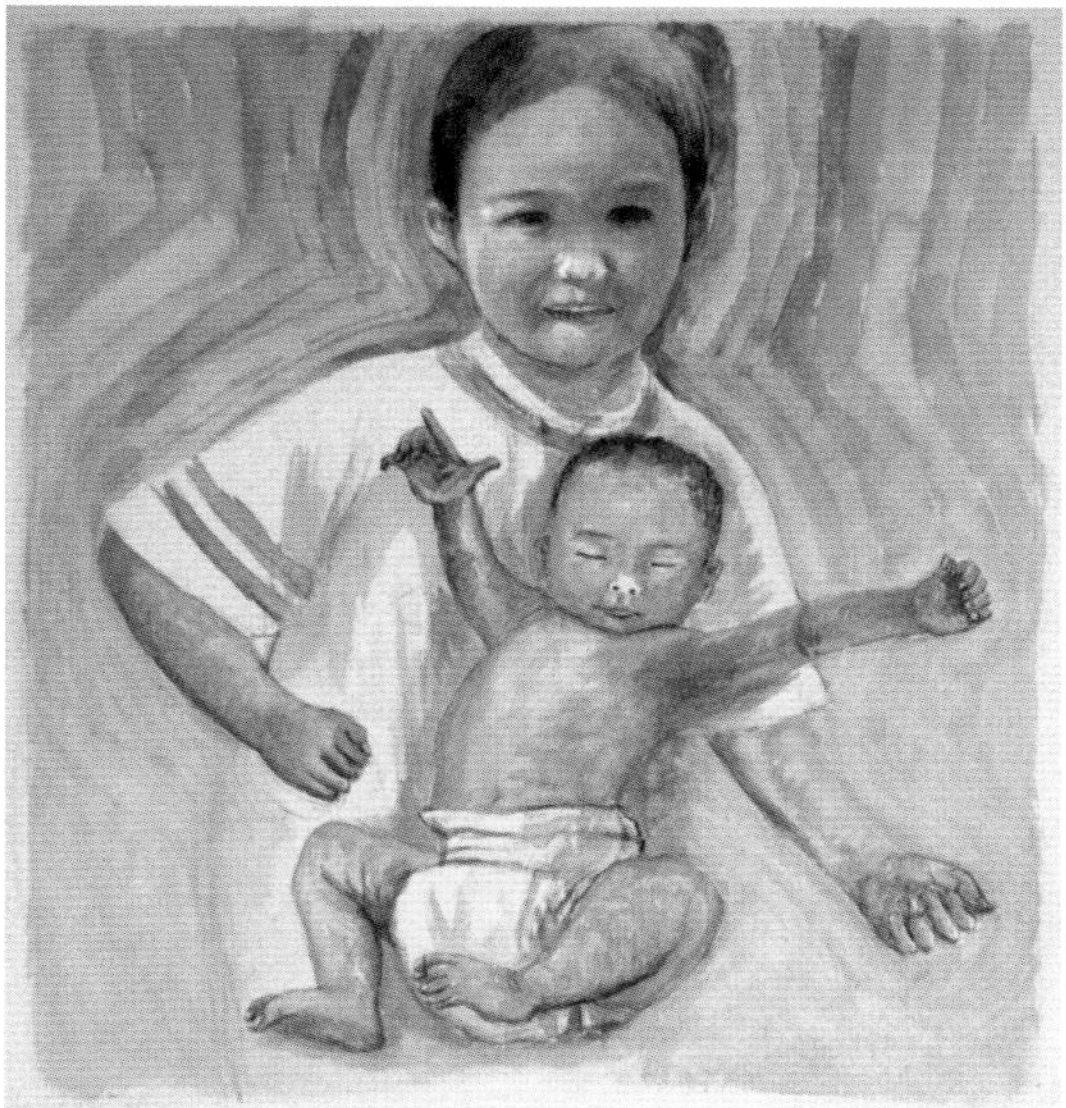

万歳の
かたちに眠る
新生児
わが子すこやかに
生きよと思う

泣き止まぬ
子をあやすべく
百面相
なす傍《かたわ》らに
妻の笑える

三十九度の
熱ある君が
ようやくに
笑顔見せたる
節句の朝よ

新聞で
兜を作り
被せれば
子の初節句
金はかからず

やっと今
立てたばかりの
吾子《あこ》に吹く
風が紋白蝶
つれて来ぬ

ないと言う
言葉覚えた
二歳の子
食べたケーキが
ないないと泣く

ゾウのこと
チョンちゃんと呼ぶ
幼子《おさなご》に
ぶらりと鼻を
振りくるるなり

吾子の背に
猫眠りいる
長閑《のどか》さよ
こんな日もっと
あればと思う

保育器の
吾子の名
多恵《たえ》と賜りし
教会にただ
無事を祈りぬ

多恵ちゃんが
生まれた時も
菫咲く
こんな眩しい
夜明けだったよ

今日からは
僕が先生
ですと子は
妹にハイハイを
見せおり

ささやかな
夢の適いぬ
吾子囲み
親子三人《みたり》で
吹くシャボン玉

愛のある歌を
詠まんと
思いつつ
一人立つ野に
キンポウゲ咲く

第四章　子等との時間

クリスマスは
何色と問う
父見つめ
ためらいがちに
子は赤と言う

Merry Christmas

シュワッチと
ウルトラマンを
真似るなり
息子は父を
怪獣にして

叱らるる
子等の片づけ
透明の
人間となり
手伝いたかり

大空を
鳴き渡りゆく
元日の
鴈一群れは
夕映えの中

ドラえもん
抱きて眠る
元日の
子らに今年の
幸多くあれ

眠る子ら
残してきたる
七色の
海おだやかに
我ら迎えり

ぎこちなき
歩みなれども
子は追へり
ゆらりと川面を
ゆく草の舟

帰宅せし
吾に駆けきたる
子に土産
なけれど高く
抱きてやりぬ

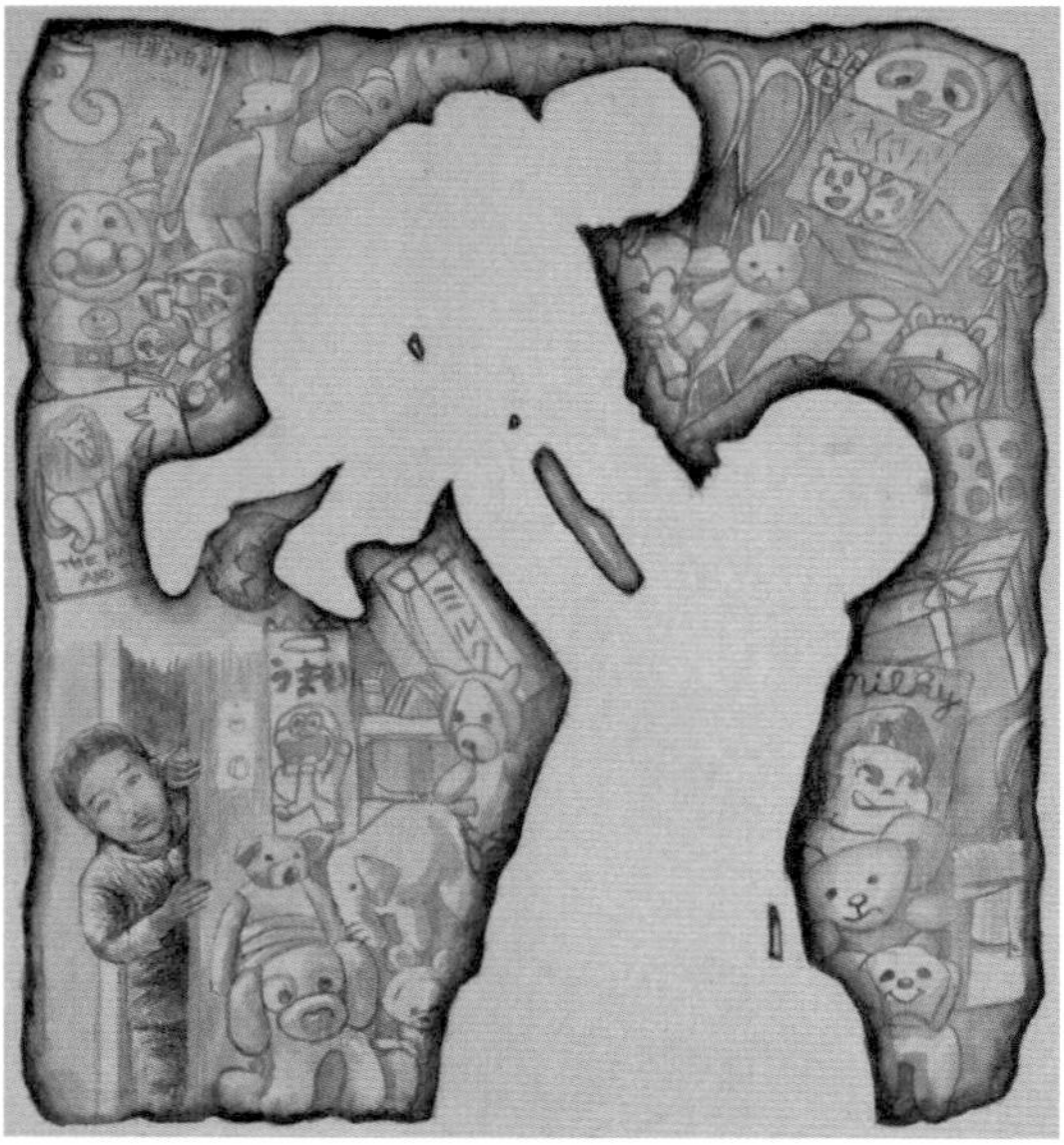

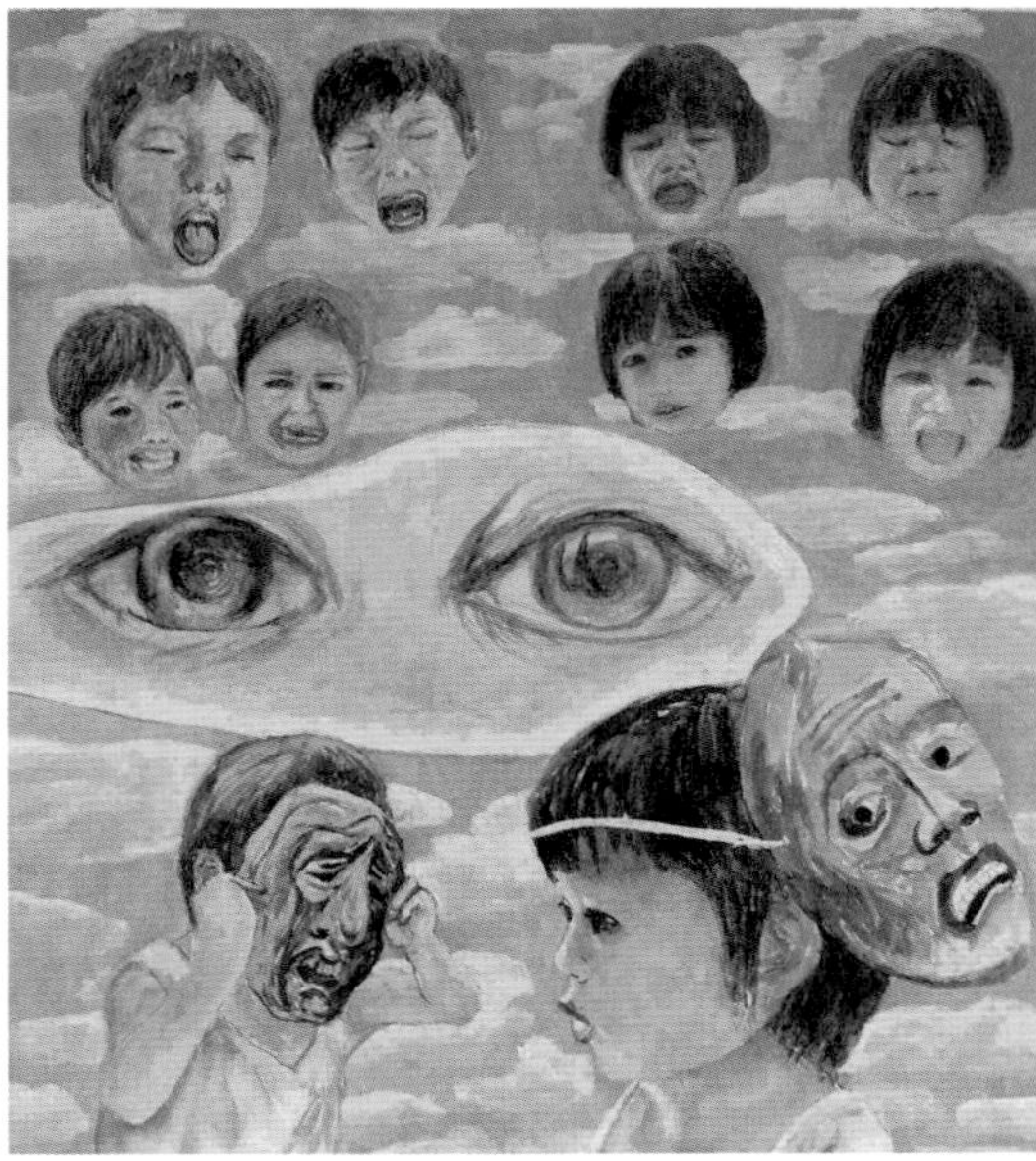

あの空は
いつも見てます
君たちの
笑顔、泣く顔
すべての顔を

子と妻と
広き海辺で
食事しぬ
平安なるか
今の我が生

お雛さま
また会う日まで
さようなら
子はそれぞれの
雛に呼びかく

日本酒を
注ぎたがる子も
連れて来ぬ
花見に母の
振り袖着せて

金魚にも
いろんな模様
あるのよね
着せ替え人魚
みたいだねパパ

吾子の髪
丹念にカット
する妻に
気づかれぬよう
写真を撮りぬ

今日無事に
長男長女の
七五三
迎えたること
妻に感謝す

第五章　夢運ぶがに

アルプスの
少女ハイジの
ように子よ
あの虹空へ
駆け出しなさい

多恵ちゃんの
夢は花咲く
原っぱの
シャボン玉吹く
風のようだね

多恵ちゃんの
帽子だったね
揚羽蝶
止まられたのは
いつの日だっけ

母の日に
薔薇一輪を
買いくるる
娘はやさしき
少女となりぬ

入学の
息子《こ》は新しき
ランドセル
背負いゆくなり
夢運ぶがに

学校へ
駆けてゆく子よ
父はただ
遠く見守る
ことしか出来ぬ

晴天の
そんな予報が
何になる
吾子は苛めに
泣かされており

パパの夢
何だったのと
問う君に
今さら機関士
などとも言えず

爽やかな
空振りをして
戻り来る
子に爽やかな
言葉かけやる

娘《こ》の胸の
ふくらみ桃に
似てきたり
語らずにその
髪を撫でやる

ぶらんこの
匂ひがしたと
入院の
子は薔薇よりも
手を嗅ぎに来る

落ち着いて
酒など飲める
筈も無し
この子に彼が
いることを知り

お父さん
お嫁に行きます
などと笑む
思いもよらぬ
夢を見にけり

コーヒーの
ことをホットと
言う父に
負けずに君も
アイスと告げて

空ばかり
仰ぐあなたに
見えるのは
鳥だった日の
夢かも知れぬ

第三歌集の原形「父のファーストダイアリー」添削の歌

一歳児

お歌詠む我がワープロに一歳児へへへと打ちて逃げゆきにけり

子は両手広げつつ野を駆け行きぬ見えぬ翼で羽撃《はばた》くように

砂遊びして眠りたる子の夢が団栗となりころがり来るよ

絵本読む母の膝にて眠る子は人を恐るることなど知らず

すやすやと眠りいる子のパジャマには百パーセント綿と記さる

理想とは違うあなたと結婚し歌詠む趣味を得たと笑む妻

子のお歌夕べあんなに詠んだのに今朝見てがっかりしたと言う妻

動物園にでも行こうか妻よ子の名作詠めるかも知れぬなり

動物園に連れきたる子は指差しぬ妻見て腹を叩くゴリラを

俺たちも二人並べば雄雌のゴリラみたいだなどとは言えず

夢食べて生きる獏だよよくごらん動物園で指をさす子よ

大きめのパンダTシャツ買いました君に来年まで着せたくて

顔よりもでかい綿菓子食べているわが子なかなか写真に撮れず

父の真似したるつもりか一歳の子がアルバムを逆さに見ている

栄《えい》ちゃんと呼べば微笑む子となりて振り向く顔に乳歯がやさし

食べかけのピザに歯形の残りいてわが子確かに成長しいる

妹誕生

もう一人子を生みたしと言う妻よ借金暮らしになってもいいのか

生まれ来る子のため毛糸編む妻よ我が歌集出す夢など聞かず

手袋を編む妻君よ猫がいま毛糸の玉を噛っています

生まれ来る子の顔覗きいるように妻はひたすら帽子編みおり

腹の子よよく聞けママはパパにさえ作らぬ君の服編んでいる

お父さん私もうすぐ生まれますよろしくと笑む初夢の子は

雲一つない青さだね君は今から人として生きねばならぬ

抱っこするたび泣きじゃくる娘多恵《たえ》そんな顔では嫁に行けぬぞ

豊かさの素直に感じらるる日よ生《あ》れし子父に微笑みくるる

多恵ちゃんは私に似て可愛いという妻今日も機嫌良きかな

僕が山ならば妻なる君は海、海なる君よ子らを頼むぞ

妹が生まれ赤ちゃん返りなす息子はオムツ替えぬと言って

「赤信号皆で渡れば恐くない」などと妹には言うな子よ

子猫たちいるかも知れぬ保育所の前の箱には近づくな子よ

すねる息子

狸かと尋ねたる子に叱られぬ猫型ロボットドラえもんの絵

すねる子の写る写真は猫よりも高く電柱より低かった

お父さんこっちを見てと言う君の水鉄砲に撃たれてやりぬ

真夏日にソフトクリーム食べる子の笑顔は食べぬ父にも涼し

我が寝床這いいる蟻を潰す時かわいそうにと言う三歳は

潰したくなかったら子よ掃除機で吸い取りなさい這い来る蟻を

枯れ色のバッタに何を教えいむ子は頑張れとしきりに叫び

虫籠で蜻蛉が交尾していると微笑む君よ知恵をつけたな

明太子、イクラ、枝豆、冷や奴、みな三歳に狙われており

つまらない日だってあるさ父さんと子にもう飲めぬ酒注がれけり

太鼓ではないのです子よ飲み過ぎてまだ起きられぬパパのお腹は

お小遣いくれるなら肩揉むと言う子よ困ったな札しかなくて

肩たたき百円もらうはずの子がいいよと笑みぬ今日父の日に

酔っているパパが一番絵に描きやすいと笑みぬ子は父の日に

父の日に描きくれたる我が顔のちょっぴり君に似たるが嬉し

ピーマンの嫌いなる子は父さんに食べさせるため植えたと笑みぬ

妻よ子の育てたピーマン美味しいと言わねば叩かれる注意せよ

「古都巡り」などという本こっそりと子は見ておりぬ窓を覗けば

帰宅せし吾《あ》に駆け来たる子なれども「なあんだお父さんか」と言いぬ

鎌倉の大仏さまはアイパーのパパそっくりと子に笑まれたり

常識に外れたことはいけません仏壇の餅盗みゆく子よ

好きな物ばかり食べてる妻君が大福さまのように見えたり

飲み友

飲みにでも行くかと言いぬ仕事わが終えし帰路にて出会いし友は

不眠症だってお酒で治るさとわけの分からぬことを言う君

ちょうど良き所に居酒屋はありてともに入り行く傘なき我ら

暑い日は熱いお酒が一番さなどとお前も飲むことばかり

居酒屋のおでん、肉じゃが、熱燗と湯気立つものに惹かれゆくなり

結婚をして良かったかなどと問う友よよけいな心配するな

「娘とはそんなに可愛いものなのか」酒飲みながら友問いにけり

歌はまだ続けているかなどと問う君にも贈りたき歌集あり

短歌とはお顔に似合いませんねと笑みつつ君は注ぎくるるなり

この店のため一首をと言う友よ歌はそんなにた易く出来ぬ

歌も添え「諭吉」とともに差し出しぬ飲み代安くしてと女将《おかみ》に

本当にうちのお店の歌なの？と女将はお代負けてはくれず

飲み過ぎてふらふら帰りゆく我を見知らぬ猫が身構えており

酔う我を家まで送りくれし友「娘をいつか嫁に」と去りぬ

初喧嘩

今日もまた午前様ですよと笑みぬ妻は冷たき水さし出して

仕事終え酒飲むことがなぜ悪いのかと妻には反論できず

まだ何か言いたそうなる妻の目よ酒飲み今日も帰りし我に

おでん煮る鍋のグツグツ鳴る音は妻のブツブツ言う声に似て

喧嘩してみがいた俺の歯ブラシに妻の愛情などはなかった

午前様とはどんな意味などと問う子よ母さんによく聞きなさい

酒臭《くさ》いですよとマスク差し出しぬ妻は通勤鞄とともに

「お酒飲むあなた肝臓やられるわ」妻の一言気になる日なり

職安の窓口終えてしみじみと桜見ている我が昼餉《ひるげ》なり

鬼嫁かそれとも愛妻?.占いのつもりで弁当箱開けてみる

食べ物のことで喧嘩をしたること詫びつつ妻の茶を飲みにけり

婆ちゃんち

朝顔を屋根まで咲かす婆ちゃんち行こうよと子は絵日記持ちて

百円の鉢とは言わず婆ちゃんのために見つけて来ましたと子は

会いに来てくれただけでも嬉しいと婆ちゃんは子を抱きしめにけり

朝顔を屋根まで咲かす婆ちゃんは趣味かそれともだらしないのか

朝顔を屋根まで咲かせたる婆のことも記せり子は絵日記に

お爺ちゃんにも会いたいと言う君よ婆ばへ煙草吸うまねをして

「婆さんや眼鏡はどこじゃ」「爺さんやお経誦《よ》むものなら仏壇に」

シャボン玉吹く君よほらお爺ちゃんだって煙草の輪が作れます

お見舞いの寄せ書きどうもありがとうでも爺じにはもう読めません

誰にでも死は訪れるものなどと爺よ肩揉む子には言うなよ

お爺ちゃんまた来ますよと別れたり子は百円の「孫の手」あげて

入学をする子よ君のため婆のくれたピアノをうまく弾こうよ

一年生の息子

温泉じゃないんだ水を出したまま子よのんびりと湯に浸かるなよ

眠れなくても寝るのです子よ明日は一年生となるのですから

地震だと言ってやろうか目覚ましが鳴っても起きぬ寝坊の君に

入学日ゆえの花火か大空に轟《とどろ》きて子を振り向かせおり

ちゃんと靴履きなさい子よ転んでもだあれも助けてはくれぬから

元気よくお返事だけはしなさいと入学の子を送り出したり

ピカピカの一年生だよと笑む子背のランドセル光らせ行けり

お日さまが笑ったように見えたんだ答案丸めきたる子の言う

答案の隅の似顔絵にも○をもらいましたと子が見せにけり

パパもよく飛ばしたものさ答案の紙ヒコーキをあの大空へ

勉強も頑張りましょうとも言えずピアノをうまく弾く子みており

参考書さがしに来たる百貨店にて子は玩具ばかり見ており

父の手を離れて玩具買いたがる息子よ未来あるものを選べ

酌する娘

義理のまた義理の義理よと笑みながらチョコくるる娘《こ》よバレンタインに

父さんは演歌、カラオケ、酒が好きだけど私はもっといいでしょ

ハナ金は我には酒を飲まぬ日ぞ胃腸ゆっくり休み給えよ

今日もまた自販機へ行き飲んだのねやっぱりお酒やめられなくて

酒好きにどきっとさせる子の問いよ「私とお酒どっちが好きよ」

父われに負けじとお鮨食べる子よ喉に痞《つか》えるからやめなさい

お酒飲むパパはいいなと言う君のため牛乳を暖めやりぬ

酒好きの父と牛乳好きの子が仲良くハムを分けいる夕べ

あまり飲み過ぎないでねと言いつつも子は注ぎくれぬ父の日の酒

子よ注いでくれるお酒は旨いけどパパより先に寝ないでくれよ

子よパパによく似た友がぜひ君と付き合いたいと言うけど駄目か

形と色となる短歌展

退職し今は画家なる恩師よりぜひ歌見せよとの便りあり

「この歌も絵になりますか」問う我に頷《うなず》きつつも笑みくるる師よ

子のお歌ばかりですねと笑まれたり百首もの歌読まれたる師に

空想のものもあります我が歌稿読みながら絵を描《か》きくるる師よ

どの歌も絵にしてみせてやると言う師の厳しげなまなざしに逢う

水彩画得意なる師は挙式まで色と形で描きてくれぬ

君の歌読みながら絵を描くことだけが楽しみとも言いくれぬ

歌集出す時には表紙絵のことも任せなさいと笑みくるる師よ

「形と色となる短歌展」我のためやろうなと言う師のあたたかし

我が歌を読みながら絵を描きしとう恩師の個展楽しみに待つ

今までの入選歌

ぎこちなき歩みなれども子は追へりゆらりと川面をゆく草の舟

平成十三年宮中歌会始（お題「草」）入賞

ぶらんこの匂ひがしたと入院の子は薔薇よりも手を嗅ぎに来る

平成二十六年明治神宮春の大祭奉祝第三十回明治記念綜合短歌大会特選

雲一つない青さだね君は今から人として生きねばならぬ

靖國神社御創立記念日祭平成二十八年献詠歌（お題「雲」）入賞

好きな子がゐるなら詠んであげなさい吾子よ剣のやうなお歌を

令和三年熱田神宮献詠祭（お題「剣」）佳作

あの天下取った家康でさへ子よ同じ爪噛む癖持つてゐた

令和三年伊勢神宮観月会献詠短歌（お題「天」）入選

平成十三年宮中歌会始について

歌会始に応募を思い立ったきっかけは、一昨年、昨年と中学生が入選し、今まで不可能だと思っていた入選を、弱冠十五才の少年がたやすく果たしたことに刺激されたからです。私の入選作は、

ぎこちなき歩みなれども子は追へりゆらりと川面をゆく草の舟

ですが、生まれて十日ほど保育器で過ごした娘を妻と一緒に育ててきて、その長女が大井川の河口に浮かべた草の舟を追う姿に成長を感じて歌にしました。

最初、宮内庁から最終選考に残っているとの電話がありました。その時、未発表であることの確認がありました。

一週間後に内定通知が来まして、発表まで決して公表しないように言われました。しかし、とにかくマスコミの取材がしつこかったですね。宮内庁からはくぎを差されていましたから、どこまで話したらよいか、宮内庁に相談したくらいです。

歌会始の式典では、天皇皇后両陛下や皇族方をはじめ、入選者十名、選者、天皇陛下に招かれた召人の歌が、古式ゆかしい独特の節回しで次々と詠み上げられました。

私も順番が来ると無言で起立し、天皇陛下に向かって一礼したのですが、足ががくがくしたのをよく覚えています。

しかし、着席するとほっとした気持ちになり、他の人々の作品を勉強させていただく余裕が生まれました。

式典後は、別室にて両陛下にお会いし、歌の内容についていろいろお話をする機会がありました。

皇后さまは「下の句の草の舟は笹舟ですか」とお尋ねになりました。また、「娘さん丈夫になられてよかったですね」と仰せられ大変嬉しく思いました。

小池　正利

〈焼津水産高校同窓会会報掲載〉

歌絵について

高橋　茂次

ある日、思いがけない高熱を出し、たびたび通院をした。その時一日中寝ることもあり、起きても悪寒に襲われ、じっと動かないで一日を過ごすことが続いた。

その間、出来ることは「考える」ということしかなく、私は、小池正利の歌集『春の足音』の一首一首を味わい、その中のいくつかの歌に、私の頭の中で形と色を与えたが、それはしばらく温められることとなった。

後に、紙上に表現され、短歌の挿絵のような作品が出来上がった。私は、それを歌絵と名づけた。

歌絵が出来上がっていく過程は、歌を読む、その言葉の端々に形や色に置き換えることができないかを考える。必要なものだけに絞ってみる。主と従となるものを考える。大きさの関係は無視してどこへどう配置するか構成を考える。現実にこだわらない。例えば人も空に飛ばしてみる。詩情が感じられる作品になれば最高。表現の技術はないからほどほどに。十人十色だからこれが私のものだと開き直るしかない。

文字を形や色で表現する難しさを感じつつ何とか作品にした。

小池正利の短歌によせて

私は今、小池正利の青春歌を思い出している。

君を背負い夜の御前崎見にゆかん今朝海亀の来しところまで
傷みたる苺を含む我が口にかすかに触るる君の白き手

羨ましいほどの純朴な若者の青春像が息づいている。青春歌の代表歌と言えるものだ。

しかし、

友達でいましょうと言う瞳を見つめ言葉なきまま我は佇む
嫁ぐことを話せる君に息をのむ震えいるその唇を見つめて
君を詠めぬ我は眼を閉じしままじっと聞きいる別れの曲を
汽車に乗り別れの言葉を持ちて行く君嫁ぐという雪深き国へ
ふたたびは逢える筈なき君なれどさよなら言わず別れ来にけり

傷心の歌である。一組のカップルの夢のような世界が、そのまま育っていけばと思うのだがちょっとした弾みで、深い悲しみに変わってしまう。これが若者が生きている世界であり、青春の一ページなのかもしれない。こういう苛立ちややるせなさを通して、若者は成長していくのだろう。

とても幸運な巡り合わせで新しい出会いがあり、憧れだった結婚をし、家庭を持ち子供を授かり、新たな生活環境の中で一家の主として重い重責を担う。そういう環境の中で、おのずと家族へ眼が向けられていくのは、ごく自然な成り行きである。

短歌には、日常の家庭生活の中で眺め、感じ、行動をし、また揺れ動く心情など、生活の中の様々な出来事が、短歌の素材として取り上げられている。

その表現は、平易なわかりやすい言葉でリズミカルであり、鋭敏に心深く詠っている。それが、読む側の心を惹きつける要因でもある。

高校で短歌に出会い、短歌に魅かれ、短歌を選び、短歌を詠んできたということは、短歌によって生活が充実し、短歌によって自分が生かされているという事でもある。

高橋　茂次

あとがき

本歌集『もうひとつの春の足音』は、今から約二十年前に出版した第二歌集『春の足音』をもとに、その他の歌集も含めて改めて自選し、また、その後の人生をも付け加えた第五歌集となります。

見開きに短歌と写真を表した本を見たことがありますが、今回の歌集は、それにヒントを得て短歌のいくつかに絵を添えたもので、馬子に衣装のごとく短歌に衣装を着せたと思っていますが、絵が読者の目を楽しませてくれるのではないかと淡い期待感を持っています。

この歌集は、失恋・出会い・結婚・育児・子供との触れ合いという青春時代を中心にして、その他のことも少し含めて、私の若いころの短歌の軌跡として表したものです。

歌集を出版するたびに出版記念として短歌展を行ってきましたが、その都度私の中学時代の担任で美術教師の高橋茂次先生が、短歌を絵に描いてくださり「形と色となる短歌展」として盛り上げてくださいました。

その短歌と絵画をコラボした歌集を出版したいという願いを長年温めてきましたが、この度思い切ってそれを実現することにしました。

『もうひとつの春の足音』の短歌と絵画の原稿をまとめる仕事は、若かった二、三、四十代ごろの自分と向き合うことができ、懐かしく楽しい仕事でした。

尚、巻末には第三歌集『ファーストダイアリー』の原形である、『父のファーストダイアリー』の中から添削した短歌を取り上げ掲載してあります。

私が短歌に生きた証として当歌集を、ひとりでも多くの人々に愛読していただければ幸いです。この歌集を手にして下さる方々に、深く感謝いたします。

末筆ではありますが、この度の歌集出版にあたっては、今までと同様に飯塚書店の飯塚行男様にお任せすることが多くありました。

また、私の所属結社「鼓笛」の会員仲間の歌集出版にもご縁があり、この度も特段のご配慮をいただきました。ともに誠にありがとうございました。

令和五年五月吉日

小池　正利

歌絵作者略歴

高橋茂次（たかはししげじ）

静岡県焼津市生まれ
多摩美術大学美術学部絵画科日本画専攻卒業
榛原郡川根町・焼津市で三十六年間中学校美術科教員
ライフワーク・本州青森県から長崎県までの茅葺民家取材
スイス・イタリア・フランス等にて美術研修
焼津市立港中学校校章デザイン・焼津市スポーツ賞メタルデザイン
焼津市訪問外国人来賓者への記念メタルデザイン
日本画府会（日府展）理事・東京都美術館にて作品発表
日本創造美術協会（日創展）理事・東京八重洲画廊・東京交通会館で作品発表
チェコ交流展・台湾交流展・房総交流展
パスコの会会員・ドーズ会会員・焼津市、藤枝市で作品発表
第五福竜丸作品（毎年四点ずつ展示も全作品同時展示は未実施）展示
小泉八雲（ヘルンさんの焼津）展・花沢の里展・茅葺民家展・焼津風景画展
港、船を描く展・形と色となる短歌展等個展多数

高橋茂次

短歌著者略歴

小池正利（こいけまさとし）

小池正利

昭和三十六年　九月六日、静岡県焼津市生まれ
昭和五十五年　静岡県立焼津水産高等学校卒
昭和五十六年　国鉄入社、「氷原短歌会」入会
平成元年　国鉄清算事業団退社とともに職業安定所に再就職
平成二年十月　国鉄退社までの全作品を整理し第一歌集『流星軌道』を刊行
平成十三年　宮中歌会始（お題「草」）に入賞
平成十六年二月　十代・二十代の青春・恋愛をテーマとした第二歌集『春の足音』を刊行
平成二十五年　「氷原短歌会」終刊とともに「鼓笛短歌会」に同人として入会
平成二十六年　明治神宮春の大祭奉祝百三十回明治記念綜合短歌大会に特選入賞
平成二十七年二月　結婚し子供が生まれ、成長をする過程をテーマとした第三歌集『ファーストダイアリー』を刊行
平成二十八年　靖國神社御創立記念日祭平成二十八年献詠歌（お題「雲」）に入賞
令和三年　熱田神宮献詠歌（お題「剣」）に佳作入賞
令和三年　伊勢神宮観月会献詠短歌（お題「天」）に入選
令和四年五月　ハローワークを定年退職するまでの職場詠を主とした第四歌集『蟻んこの夢』、同時に「鼓笛短歌会」の歌文章をまとめた『歌文集・礁』を刊行

歌集『もう一つの春の足音』

令和五年八月五日　初版第一刷発行

著　者　小池　正利
〒四二四-〇〇六五
静岡県静岡市清水区長崎一九八-一
シャロワ五〇一

装　画　高橋　茂次
発行者　飯塚　行男
発行所　株式会社　飯塚書店
〒一一二-〇〇〇二
東京都文京区小石川五-一六-四
☎ 〇三（三八一五）三八〇五
FAX 〇三（三八一五）三八一〇
印刷・製本　日本ハイコム株式会社

ISBN978-4-7522-8149-8